Publications des « TEMPS NOUVEAUX » — N° 5

RENÉ CHAUGHI

Trois Complices

Les Tueurs

Les Faiseurs de pluie — L'Homme qui juge

Prix : 0 fr. 10

Aux Bureaux des « TEMPS NOUVEAUX », 4, rue Broca, Paris

Groupe de Propagande par la Brochure

La propagande par la Brochure est une des meilleures propagandes si on peut la faire avec suite.

Le Révolté, *La Révolte*, *Les Temps Nouveaux* s'y sont employés de leur mieux. A l'heure actuelle, plus de 60 brochures diverses, dont les différents tirages réunis, dépassent un million d'exemplaires, ont été lancées par eux.

Malheureusement, les fonds manquent pour pouvoir en imprimer plus souvent de nouvelles, ou réimprimer, lorsque c'est nécessaire, celles qui sont épuisées.

Il s'agit donc de trouver **500** souscripteurs s'engageant à verser chacun **12** fr. par an. Nous serions alors en mesure d'imprimer chaque mois — ou de réimprimer parmi celles épuisées — une nouvelle brochure de **0** fr. **10** ou deux de **0** fr. **05**.

Par contre, voici les avantages que nous offrons aux souscripteurs :

1° A chaque tirage, il leur sera expédié autant d'exemplaires que le comportera le montant de leur souscription calculé avec une remise de 40 0/0, frais d'envoi déduits

Ce qui leur permettra de s'employer à la propagande, en faisant circuler les brochures parmi ceux qu'ils connaissent, soit en les distribuant eux-mêmes, soit par la poste lorsqu'ils ne voudront pas faire savoir qu'ils s'intéressent à la propagande;

2° A chaque souscripteur qui sera libéré de sa souscription, il sera envoyé une lithographie spécialement tirée pour les souscripteurs.

Cette lithographie qui sera demandée à l'un des artistes qui ont déjà donné au journal, ne sera pas mise en vente et vaudra à elle seule, largement, le prix de souscription ;

3° A ceux qui souscriront **15** francs par an, il sera expédié un nombre de brochures dont le montant égalera celui de la souscription, calculé, toujours avec une remise de 40 0/0, plus une eau-forte qui, elle aussi, sera tirée spécialement pour eux, et non mise dans le commerce.

Ceux qui savent le prix d'une eau-forte artistique apprécieront le cadeau que nous leur offrons ;

4° A ceux qui souscriront au-dessus de **15** francs, il sera fait cadeau de la lithographie et de l'eau-forte.

Au camarade qui nous trouvera **10** souscripteurs, il sera fait cadeau de la lithographie. — Celui qui en trouvera **20**, recevra l'eau-forte.

Les souscriptions peuvent être versées par fractions mensuelles ou trimestrielles, etc., au gré des souscripteurs.

A ceux qui s'engageront mensuellement et qui ne se libéreraient pas de leur promesse, il sera, à la fin du trimestre, adressé un remboursement pour les 3 mois.

Adresser les souscriptions au camarade Ch. BENOIT,
3, rue Bérite, PARIS.

N.-B. — En discutant avec des camarades, il est facile de leur glisser une brochure, et de leur arracher deux sous. Les souscripteurs pourront ainsi récupérer le montant de leur souscription, et augmenter leur propagande.

Brochures à l'étude : *Le Militarisme* de D. Neuwenhuis. — *Origines et morale du Christianisme*, de Letourneau. — *La Guerre*, de Kropotkine. — *La Loi et l'Autorité*, de Kropotkine.

Publications des « TEMPS NOUVEAUX » — N° 58

RENÉ CHAUGHI

LES TROIS COMPLICES

Les Tueurs

Los Faiseurs de pluie — L'Homme qui juge

Prix : 0 fr. 10

1er Tirage, 10,000 Exemplaires

PARIS

TEMPS NOUVEAUX

4, Rue Broca, 4

1912

LES TROIS COMPLICES

Les Tueurs

Il y a, de par le monde, des hommes qui ont pour fonction de tuer, de s'entraîner à tuer, d'apprendre aux autres à tuer. Ils sont vêtus de couleurs voyantes, à la manière des sauvages, ont des passementeries dorées sur leurs manches, sur leurs cols, sur leurs chapeaux. Ils inspirent du respect aux autres hommes, et plus ils ont de passementeries dorées, plus ils inspirent de respect. Ils portent, pendu à la ceinture, un outil semblable à un long couteau, avec lequel ils frappent ceux qui leur déplaisent et qu'ils veulent tuer. Aussi le nombre de ceux qui ne s'inquiètent point de leur déplaire est-il petit.

Seuls, dans l'Etat, ces hommes ont le droit de donner la mort. Seuls, non. A la vérité, un autre homme partage avec eux le privilège du meurtre : on l'appelle le bourreau. Mais, au rebours de ceux dont je parle, celui-ci ne jouit dans le public d'aucune considération. La raison en est qu'il n'a pas de passementeries sur ses manches. Au contraire, eux sont vénérés, choyés, enviés, admirés. Les femmes les trouvent beaux, chaque jeune fille rêve de l'un d'eux pour mari, et tous les petits garçons veulent devenir comme eux. Aussi sont-ils très fiers de leur caste. Ils bombent la poitrine, mettent du cosmétique sur leurs moustaches, parlent avec des gros mots. Tout le temps qu'ils ne donnent pas à l'art de tuer, ils le passent à boire des liqueurs qui rendent fou, ou bien dans des maisons mystérieusement closes. Il ressort de leurs conversations qu'ils ont un grand penchant pour l'acte sexuel, et, à les en croire, ils se servent volontiers pour cela des femmes des autres. Ils sont aptes à bien des choses encore : par exemple, faire rouler des boules d'ivoire sur une table verte.

C'est le peuple qui paie leurs beaux vêtements, leurs passementeries, leurs cigares, leur cosmétique, leur outil à tuer, leurs chevaux, leurs maîtresses, leurs absinthes et leurs parties de billard. Mais le peuple est trop honoré de subvenir aux dépenses des hommes-qui-ont-le-monopole-de-donner-la-mort.

Ils disent tenir le premier rang dans la nation et, de fait, leur métier a une origine très reculée : il remonte à nos bons ancêtres les fauves. C'est pourquoi ces messieurs sont très chatouilleux sur le point d'honneur : semblables à la femme de César, ils ne doivent même pas être soupçonnés. Du reste, leur honneur n'a rien de commun avec celui des autres hommes. Il est au-dessus de lui comme le soleil est au-dessus des nuages. La grande généralité des citoyens comprend fort bien cela.

Les annales prétendent qu'il y a cent ans, le peuple s'était fâché et avait exigé qu'il n'y eût plus désormais qu'une seule juridiction pour tous. On le lui avait promis. Mais des gens aussi indispensables que les Tueurs ne peuvent être soumis aux mêmes lois que les voyous. (C'est ainsi qu'ils nomment tous ceux qui n'ont pas les jambes rouges et la poitrine bleue : les ouvriers, les savants, les artistes. Et il est de fait que ces petites gens font piteuse mine auprès d'eux.) Et de même qu'ils ont leur honneur, ils ont leur justice. Quelle est-elle ? Parbleu, la justice de gens qui ont un grand couteau au côté.

Ils ont une religion spéciale, assez mal définie d'ailleurs et sur laquelle on est loin de s'entendre. L'objet de leur culte est un dieu, ou plutôt une déesse, qu'ils appellent *Patrie*. Ils l'adorent fanatiquement et n'entendent pas la moindre plaisanterie à son sujet. Ils ordonnent à chacun d'y croire, bien qu'ils ne puissent dire ce qu'elle est au juste. Mais si l'on ne croyait qu'à ce qu'on connaît, où serait le mérite ? Les cérémonies par lesquelles ils célèbrent leur déesse sont de vastes égorgements de peuples, qu'eux-mêmes nomment *boucheries*.

Si leur belle prestance les fait admirer, leur grand couteau les fait craindre. Pourtant ils ne seraient pas fort dangereux, s'ils étaient réduits à leurs seuls moyens. Car, après tout, ils ne forment qu'une petite minorité dans l'immense masse des voyous. Mais ils possèdent des esclaves en grand nombre, lesquels, sur un signe d'eux, se précipitent et tuent.

Tous les ans, ils font un choix parmi les jeunes hommes et en prennent des milliers. Ils les enferment dans des bâtiments construits tout exprès, les habillent de vêtements colorés, analogues aux leurs, mais incommodes, laids et sales. Ils les terrorisent par d'affreuses menaces, grossissent la voix en leur parlant, et en font ensuite tout ce qu'ils veulent. Ils les nourrissent avec des choses pourries, leur affirment plusieurs fois par jour que leurs mères sont des prostituées, leur enseignent diverses façons de donner la mort, au commandement. Au bout de plusieurs années, ils les renvoient à leurs familles, avec des maladies honteuses. « Vous ne nous aviez donné que des hommes, disent-ils ; nous en avons fait des héros. »

Devant qu'on les eût choisis, les jeunes hommes voulaient tous faire des héros. Une fois pris, ils voudraient bien s'en aller. Beaucoup se suicident, quelques-uns se révoltent. Ceux-là, on les torture ou on les tue. A ce compte, on préfère encore obéir.

Ils disent : « Apprentis tueurs, de l'autre côté de cette montagne habitent des hommes extraordinairement méchants. Sont-ce même des hommes ? C'est peu probable, attendu qu'ils parlent un langage incompréhensible et qu'ils mangent de la choucroute. Ces êtres féroces en veulent à votre déesse. Elle est si belle qu'ils ont juré de vous la ravir. Mais nous sommes là. Au jour fixé, nous vous mènerons vers ces monstres. Vous les tuerez et ils vous tueront. N'ayez pas peur : nous serons derrière vous. — En attendant, et pour vous exercer, vous devez tuer sans hésiter quiconque nous vous désignerons : vos pères, vos frères, vos mères, vos sœurs. »

Et il arrive ceci : chaque fois que le peuple s'assemble sur les places des villes pour demander justice, les esclaves tueurs, qui craignent la colère de leurs maîtres, tuent sans hésiter leurs pères, leurs mères, leurs frères, leurs sœurs.....

Parfois, les Tueurs promènent leurs esclaves dans les rues, musique en tête. Un d'entre eux tient une perche et sur cette perche est clouée une étoffe. Alors les voyous s'arrêtent, admirent les couleurs vives, les passementeries, le cosmétique ; et, quand vient à passer la perche — sous la pluie cinglante qui les bafoue et les flagelle, — ils ôtent leurs chapeaux.

Les Faiseurs de pluie

On rencontre parfois dans les rues des gens étranges : ils sont vêtus de robes, comme les femmes, mais ce sont des hommes. Leurs habits sont noirs, leur démarche est lente, leur maintien grave, leurs manières douces, leur voix mielleuse ; leurs yeux sont baissés vers la terre. Ils rasent soigneusement les poils de leur figure, à l'instar des comédiens et des garçons de café. Ils rasent aussi, sur le sommet de leur crâne, un petit cercle de cheveux. Ce sont les faiseurs de pluie.

Leur fonction est telle : servir d'intermédiaires entre les hommes ordinaires et quelqu'un qui, affirment-ils (et cela saute aux yeux), habite dans les nuages. Fonction importante entre toutes, comme vous pouvez bien penser.

Il y a grande hostilité entre tous les faiseurs de pluie du monde : ceux d'un pays regardent les autres comme des charlatans, des imposteurs. Pour se reconnaître au milieu d'eux, l'embarras pourrait être grand. Mais nous, qui avons eu le bonheur de naître au pays des faiseurs de pluie catholiques romains, nous savons de toute évidence que c'est leur habitant des nuages qui est le bon.

Comment s'appelle ce brave homme qui demeure si haut ? — Suivant les lieux et les temps, il a différents noms : Jehovah, Brama, Allah, Croquemitaine, le grand Castor, Manitou, etc... Appelons-le, si vous voulez, Manitou.

De quoi est fait M. Manitou ? — De bois, assurent les sorciers noirs. Mais nos sorciers blancs sourient de pitié : « Il n'est fait de rien. » Je crois qu'ils sont dans le vrai. « Il est partout et nulle part. » Nulle part, je crois qu'ils ont raison.

Quand la sécheresse menace le sort des récoltes, les intermédiaires assemblent leurs ouailles, et s'écrient : « Prions, mes frères, afin que le Seigneur donne à nos champs desséchés l'humidité bienfaisante. » Puis ils se posent sur leurs genoux, entrelacent les doigts de leurs deux mains et murmurent très vite une suite de mots latins appris par cœur.

Au bout d'un temps plus ou moins long, il pleut. Les hommes sont sauvés.

Des farceurs (il y en a partout) insinuent en ricanant qu'il fallait bien que la pluie finisse par tomber, un jour ou l'autre, et qu'elle serait tombée tout de même, sans l'intervention des hommes aux robes sombres. Quel blasphème !

Mais nous n'allons pas perdre notre temps à réfuter ces tristes individus. Laissons-les à leur pourriture.

Cet exemple — d'où vient leur nom — montre assez l'utilité des intermédiaires. Cette utilité est immense : elle s'étend à tous les actes de la vie. Quand un petit enfant vient au monde, on se hâte de le porter au sorcier, qui lui frotte le bout du nez avec une pincée de sel, fait quelques gestes et prononce des mots latins. Et c'est bien heureux pour le petit enfant, car sans cela l'habitant des nuages le prendrait en grippe et le ferait souffrir après sa mort.

N'allez pas croire par là que M. Manitou soit méchant. Non : c'est un bon homme qui aime les gens, pourvu que les gens fassent tout ce qu'il veut, et il veut qu'on verse du sel sur la tête des nouveaux-nés. C'est ce que les faiseurs de pluie expliquent aux petits enfants, dès qu'ils sont en âge de comprendre : « Qu'est-ce que Manitou ? — Manitou est un pur esprit, éternel, infiniment parfait, créateur du ciel et de la terre, et souverain Seigneur de toutes choses (1). — Qu'est-ce qu'un mystère ? — Un mystère est une vérité révélée de Manitou, que nous devons croire, quoique nous ne puissions pas la comprendre. — Qu'est-ce que le Ciel ? — Le Ciel, qu'on appelle aussi Paradis, est un lieu de délices où vont ceux qui obéissent aux faiseurs de pluie. — Qu'est-ce que l'Enfer ? — L'Enfer est un lieu de tourments où les damnés sont pour toujours séparés de Manitou et souffrent avec les démons des supplices qui ne finiront jamais. — Qui sont ceux qui vont en Enfer ? — Ceux qui

---

(1) *Catéchisme du diocèse de Paris.*

vont en Enfer sont ceux qui n'obéissent pas aux faiseurs de pluie. »

Voilà de l'instruction, ou je ne m'y connais pas. Elle ne se borne pas là, et c'est encore un vrai plaisir que d'entendre les petits garçons et les petites filles de dix ans réciter avec conviction les « commandements de Manitou mis en *vers français* » :

Luxurieux point se seras
De corps ni de consentement.
L'œuvre de chair ne désireras
Qu'en mariage seulement.
Etc.....

Le nom du poète qui prit la peine, inspiré par Manitou, de forger ces vers d'airain, n'est pas parvenu jusqu'à nous. N'importe : vers ou prose, ce sont là de sages avis, et l'on ne saurait trop louer les intermédiaires d'avertir les bambins de dix ans de ne point convoiter la femme de leur prochain. Il y a à cela une urgence manifeste.

Les faiseurs de pluie apprennent bien d'autres choses, fort intéressantes, aux petits enfants. Ils leur apprennent que Manitou est à la fois unique et triple, qu'il est en même temps son propre père et son propre fils ; qu'étant toute bonté et toute puissance, il a bien voulu, un jour, fabriquer l'univers, les animaux, les hommes, et, du même coup, les maladies, les guerres, les crimes, les injustices, toutes les souffrances et toutes les hontes. Ils leur apprennent que Manitou, l'amour même, paye par une éternité de supplices l'erreur d'une minute ; que Manitou, la justice même, se laisse influencer par des supplications, des dons et des promesses, tout comme nos juges en robe. Ils leur apprennent que Manitou fit une fois un enfant à une jeune femme, par un procédé connu de lui seul et qui n'offensait en rien les bonnes mœurs ; et que cet enfant, devenu homme, ne faisant que troubler la rue, finit par être cloué sur un gibet par ordre du gouvernement. Et, tout en célébrant le fils de M. Manitou, dont ils se disent les très humbles disciples, ils recommandent bien à leur auditoire de ne jamais faire comme lui ; et ils applaudissent des deux mains chaque fois que le gouvernement enfonce des clous dans la chair d'un perturbateur.

Les faiseurs de pluie enseignent encore aux petits enfants que la vie n'est pas la vie, que la mort n'est pas la mort ; qu'il est parfaitement inutile d'être heureux tant qu'on respire, mais qu'il est très important de l'être alors que nous pourrissons sous la terre ; et que le meilleur moyen de goûter ce grand bonheur, c'est encore de ne pas manger de viande le vendredi et de donner beaucoup d'argent à l'Eglise.

Parlant au nom de celui qui a dit : « Tu ne tueras pas », les sorciers catholiques romains répètent qu'il faut frapper, brandir le glaive, terroriser. Parlant au nom de celui qui a dit : « Aimez-vous les uns les autres », ils vont criant : « Haïssez-vous les uns les autres ! »

Au bout de quelques années de cette éducation solide, les faiseurs de pluie convient les enfants à venir avaler Manitou. Après avoir chanté des airs traînards à la gloire de ce nouvel aliment, les jeunes garçons et les jeunes filles s'approchent d'une balustrade, l'air sournois ; et, dans leur bouche grande ouverte, le sorcier officiant jette l'habitant des nuages, qui, pour la circonstance, a pris la forme d'une rondelle de pain à cacheter. C'est, assure-t-on, le plus beau jour de la vie. Je le crois sans peine.

Avant d'être admis à l'honneur de digérer une pâture aussi rare, il a fallu que chaque enfant vînt nettoyer sa conscience devant un sorcier : « Qu'avez-vous fait de mal, mon enfant ? — Je ne sais. — Voyons : n'avez-vous jamais fait ceci, ni cela, ni encore ceci ? — J'ignorais ces choses abominables ! — Eh bien, maintenant vous les savez ; ne les faites jamais. » Cette petite cérémonie doit se renouveler souvent, dans le cours de l'existence, aussi souvent qu'il est nécessaire pour se laver des mauvaises actions. « Mon père, j'ai menti, j'ai volé, j'ai tué... — Vous repentez-vous, mon fils ? — Comment donc ! — C'est bien. Je vous donne l'absolution. Allez : vous êtes blanc comme neige. » Beaucoup de gens trouvent ce procédé assez commode ; les officiers d'état-major, entre autres, ne sauraient s'en passer (1).

(1) Ecrit en 1899.

A chaque acte important de votre existence, les faiseurs de pluie sont donc là et font en sorte de rendre cet acte agréable à Manitou. S'agit-il de se marier, ou même de mourir, il faut bien se garder de le faire avant qu'un sorcier n'ait secoué sur vous quelques gouttes d'une eau mystérieuse. C'est assez dire combien de tels hommes sont indispensables ; et, quand on songe qu'il y a des gens dénués de raison au point de se passer de leur saint ministère, on est pris d'une grande pitié.

Les faiseurs de pluie font vœu de pauvreté ; aussi ne possèdent-ils que quelques misérables milliards. Ils font vœu de chasteté, et ils disent : « La femme est un être impur ; ne succombons pas avec la femme !... Succombons avec les petits garçons. »

L'Homme qui juge

Il y a des hommes qui font métier de juger les hommes.

Chaque jour, ils font comparaître devant eux quelques-uns de leurs compagnons d'existence ; ils les interrogent, pèsent leurs actes et leurs intentions, disent : « Ceci est bien, ceci est mal », déclarent que telle action mauvaise doit être réparée par tant de souffrance ; puis ils font signe à d'autres individus chargés de doser la souffrance.

Ces hommes qui jugent les hommes, qui sont-ils donc ? Des saints, ou tout au moins des héros de vertu ?

Pas le moins du monde. Ce sont des gens comme vous et moi, ni meilleurs ni pires que les autres ; quelquefois pires.

Quand les jeunes de la caste des riches ont tant bien que mal terminé, dans les lycées, aux frais des pauvres, ce qu'ils appellent leurs études ; quand ils ont, à force de recommandations, satisfait à des examens, et obtenu, à force de filouteries, un diplôme, estampillé par l'Etat, qui les déclare supérieurs au reste des hommes, — leurs engendreurs s'assemblent, perplexes, et disent : « Qu'allons-nous faire de notre héritier ? » L'héritier, qui n'a pas de goût pour les labeurs utiles, et qui veut, à l'instar de ses parents, vivre aux dépens de la masse, répond parfois : « Je veux être assassin. » Alors il entre, sous la tutelle du gouvernement, à Saint-Cyr ou à Polytechnique. D'autres fois il répond : « Je veux faire mon droit ».

Faire « son droit », c'est le rêve de tous les jeunes bourgeois sans vocation et sans idéal, cœurs secs et cerveaux vides, heureux de passer sur les trottoirs du « quartier latin » de bonnes années de paresse et de noce. C'est aussi le rêve des petits ambitieux, futurs mangeurs d'hommes, herbe mauvaise et vivace de politiciens et de gouvernants.

Leur principale occupation sera de boire, avec ostentation, en compagnie de malheureuses femmes condamnées pour vivre à louer leur corps aux passants. Ils les méprisent et elles les méprisent ; mais ils s'affichent avec elles aux terrasses des cafés, afin de faire croire à tous qu'ils sont des hommes. Souvent ils font pis : ils s'amusent quelque temps de filles du peuple, pauvres petites âmes vouées à toutes les tentations, les rendent mères et les abandonnent, — les poussant négligemment au suicide ou à la honte, au fleuve ou au ruisseau.

Aux jours d'effervescence sociale, ils se plaisent encore à briser quelques vitres, à faire tout le bruit qu'ils peuvent, acclamant ou conspuant quelque chose. Quoi ? ils n'en savent trop rien, répétant ce qu'ils entendent dans leurs familles ou ce qu'ils lisent dans les gazettes. Mais, d'instinct, ils sont toujours contre le peuple ; et s'ils se trouvent acclamer une bonne cause, c'est bien par hasard.

Lorsque les monômes, le café et les filles leur laissent quelque répit, ils vont dans une école écouter des hommes graves, à faces de singes, qui leur enseignent des choses iniques. Ils apprennent là le mépris de la simple justice née d'elle-même dans les intelligences loyales, et le respect de l'iniquité imprimée dans les codes, héritages des bêtes fauves nos ancêtres ; ils apprennent par-dessus tout le respect de la propriété fondée sur le vol. Pour leur inculquer la notion du juste, on ne trouve rien de mieux que de leur faire admirer les institutions féroces d'une nation dure et impitoyable, morte dans la pourriture il y a près de quinze cents ans, et fameuse parmi toutes celles qui ont le plus terrorisé la terre et les hommes. Et le peu de conscience droite que ces lamentables jeunes gens avaient pu sauver de la famille et du collège, ils achèvent là de le perdre.

Ils ont raison de dire qu'ils font *leur* droit, et non pas *le* droit : sans peut-être s'en rendre bien compte, ils sentent tout de même que ce qu'ils apprennent là, ce n'est pas le vrai droit, mais un droit spécial à eux.

Au sortir de cette école, que deviennent-ils ? Ils deviennent notaires, et ils volent leurs clients ; avoués, et ils grugent les plaideurs ; huissiers, et ils dépouillent les miséreux de leurs meubles ; diplomates, et ils se mentent entre eux ; politiciens, et ils trompent le peuple ; journalistes, et ils vendent leur plume ; avocats, et ils parlent contre leur pensée ; jugeurs d'hommes, et ils distribuent de la souffrance.

On peut dire sans exagération que tout ce qui trompe, gruge, pille et opprime le peuple souverain, sort en grande partie de l'École de Droit.

Voilà quels sont les saints et les héros de vertu qui vont passer leur existence à peser les actes et les intentions d'autrui.

Une fonction si haute ne peut pas s'accomplir tout simplement, vous le pensez bien. Il y faut de l'apparat et du cérémonial. Tout d'abord, les jugeurs d'hommes — comme les domestiques de grande maison — mutilent leur figure : ils empêchent leur barbe de croître, rasant les lèvres et le menton, et ne lui réservant qu'un petit espace, le long des joues. Ils s'appliquent ainsi à ressembler à des singes, font tout leur possible pour atteindre le maximum de laideur ; ce à quoi ils arrivent sans grande peine, car leur laideur morale jaillissant de tous les pores de leur face, ils sont naturellement hideux.

Cet affreux aspect, ils le complètent par un accoutrement grotesque qui rappelle, à s'y tromper, celui des médecins de Molière : longues robes et bonnets carrés. La première fois qu'on les voit, ainsi affublés, faire leur entrée dans la salle de séance, à la file indienne, on s'esclaffe. Instinctivement, on cherche, dissimulée dans leurs larges manches, la seringue traditionnelle. A quelle bonne bouffonnerie va-t-on assister ? Hélas ! c'est à une tragédie. Ces paillasses ne viennent pas là pour faire rire, mais pour faire pleurer.

Disons tout de suite que, leur journée finie, ils ont grand soin d'accrocher leur défroque à un clou et de remettre leur veste, avant de se montrer dans la rue, où, vêtus comme tout le monde, leur présence n'est pas trop remarquée. Ils disent à cela qu'ils n'aiment pas les pommes cuites et les trognons de choux. Comme je les comprends !

Ayant fait leur entrée dans la salle, grimés et costumés, ils prennent place sur une estrade, et, étant ainsi plus élevés que le public, le public tremble devant eux et les honore. Car le meilleur moyen pour se faire respecter de la foule, c'est de l'obliger à lever les yeux vers soi. Au même niveau qu'elle, il n'y a pas de prestige possible ; et plus bas qu'elle, vous êtes perdu.

Cependant nos guignols, ayant troussé leurs jupons, se vautrent dans de vastes fauteuils où la plupart ne tardent pas à s'endormir.

Alors on introduit devant eux les mauvais hommes, ceux qui n'ont pas rigoureusement conformé leur conduite aux cinq mille trois cent vingt-quatre paragraphes d'un gros livre. Ces 5324 paragraphes, — véritables versets d'une autre Bible — nul n'est censé les ignorer, même ceux qui ne savent pas lire. En réalité, tout le monde les ignore, à commencer par les jugeurs. Et la preuve, c'est qu'ils ont la plus grande difficulté à se reconnaître parmi ce fatras. Ils ont beau feuilleter les pages, invoquer les textes, amonceler les citations, jamais ils ne sont d'accord. L'un condamne en vertu de tel article ; l'autre acquitte en vertu de tel autre article ; et souvent c'est la même phrase qui, commentée différemment, dit tantôt blanc et tantôt noir, fait de l'innocent un coupable et du coupable un innocent. Changez de place une virgule, et la face de la justice est retournée. O justice !

Cette Bible moderne, qu'on appelle le Code, que dit-elle ? Elle dit que la femme est l'esclave du mari, que l'enfant est la propriété du père, que le pauvre est la chose du riche, que le faible est le jouet du fort. Elle protège le vol sous sa forme propriété ; punit la propriété sous sa forme vol. Elle décrète qu'une grande partie des hommes n'aura point part aux richesses matérielles et intellectuelles de la terre, qu'ils ne pourront point prendre conscience d'eux-mêmes et s'améliorer, mais croupiront dans l'ignorance, la brutalité, l'alcoolisme ; puis après, elle les châtie parce qu'ils sont des ignorants, des brutes, des alcooliques. Elle leur fait un crime au verso de ce dont elle leur fait une loi au recto. Elle décrète pour les uns le droit à ne rien faire, pour les autres l'obligation de peiner durement. A ceux-là, s'ils fautent, elle est toute clémence et toute indulgence ; à ceux-ci, toute rigueur et toute implacabilité. Au rebours de la logique et des lois physiques mêmes, les gros s'échappent à travers les mailles de son filet, et les petits y restent pris. Filet fantastique !

Livre redoutable et sacré, cette Bible — beaucoup moins attrayante que l'autre — nous fut léguée, dans ses grandes lignes, par un peuple de voleurs cauteleux et d'aventuriers bavards qui établirent autrefois leur repaire sur les bords du Tibre, et qui de là, se lançaient sur le monde pour le désoler. C'est à la lumière de ces intelligences lointaines et brutales que les jugeurs d'hommes examinent nos actes ; c'est aux idées de ces pillards sur la morale qu'ils veulent que nous conformions notre conduite, et nous ne sommes de bons citoyens, d'honnêtes gens, qu'autant que nous pensons et vivons ainsi que le voulait, il y a quatorze siècles, l'empereur Justinien.

Les jugeurs d'hommes sont assis, comme des marchands, devant un grand comptoir. Qu'y vendent-ils ? Du drap ? des salaisons ? des fromages ? Bien mieux : la justice. Tout simplement.

Leur boutique porte, comme enseigne, une balance. Une balance qui n'est rien moins que de précision. Au petit bonheur, cahin-caha, ils vous y pèsent les intentions humaines, comme d'autres deux kilos de sucre. Et, soit qu'ils aient beaucoup d'ouvrage, ou qu'ils aient hâte d'aller se promener, ils ne prennent pas toujours le temps de s'assurer si les deux plateaux se font équilibre ; de sorte que ceux qui viennent dans leur magasin acheter de la justice, en sortent presque toujours volés.

Derrière le dos de ces singuliers débitants, est pendue au mur une peinture qui fait frémir : c'est l'image d'un homme nu, à l'air très doux, qui râle sur un gibet où on le fixa à l'aide de clous dans ses membres. C'est, paraît-il, sur l'ordre des juges de son époque que ce malheureux fut mis à mort de cette façon épouvantable.

Les mauvais hommes qui ont contrevenu, sans même le connaître, à l'un des 5324 versets du grand Livre, et qu'on amène devant les marchands aux figures sinistres, sont frappés d'effroi à la vue du supplicié, qui est pour eux comme un avertissement tragique. Ils sont démontés aussi par l'étrangeté de la salle où ils se trouvent, par les dorures du plafond qui contrastent avec leurs loques, par les regards du public plantés sur eux comme sur des bêtes rares, par les préposés aux meurtres nationaux qui les tiennent et dont les moindres mouvements font retentir d'effrayants cliquetis d'armes blanches, et surtout par la rangée de médecins de Molière devant qui ils comparaissent. Aussi n'ont-ils point leur tête à eux ; et, quand le chef des marchands les interroge, ils bredouillent, ne savent que dire, renoncent à se disculper. Alors leur affaire est claire, et ça ne traîne pas ; en deux temps et trois mouvements, le chef jugeur décide que le mauvais homme qu'il a devant lui sera privé de son existence pendant une période plus ou moins longue, suivant l'inspiration du moment. Et cela se passe comme il l'a dit : on emmène le méchant homme, on l'enferme entre quatre hautes murailles, on lui rase les cheveux et la barbe, on lui fait revêtir un costume triste, on lui met les pieds dans de gros sabots, puis on le force à travailler servilement, sous le bâton et sous la botte, durant des mois ou des années, jusqu'au terme prescrit. Pour le punir de sa dégradation antérieure, on l'avilit, on le dégrade de plus en plus ; puis, un beau jour, on le rejette dans la circulation avec de nouveaux vices, de nouvelles tares, une bien plus grande aptitude à offenser le gros Livre.

Quand il est entré dans la maison aux hautes murailles, ses compagnons de chaîne lui ont dit : « Qu'as-tu fait pour venir ici ?... Quoi ! rien que cela ? Et tu t'es laissé prendre ? Maladroit ! Voici comment il fallait faire. » Il s'instruit donc et se promet de faire mieux à l'avenir. Un jour, l'un d'eux l'a pris à part : « Le Beau Nénesse et moi, nous combinons un chouette coup pour notre sortie ; veux-tu en être ? C'est simple : une vieille femme à estourbir et une villa à dévaliser... Tu ne sais pas manier un surin ? On te donnera des leçons. » Et c'est ainsi que, sur l'ordre exprès des jugeurs et aux frais des bons contribuables, le mauvais homme parachève son éducation. Dans le recueillement de la centrale, il s'enrôle sans bruit dans l'armée rouge, se prépare en silence aux futures besognes de sang. Après quelques années passées dans la compagnie de cambrioleurs, de sodomistes, de souteneurs, d'égorgeurs, on peut croire qu'il n'a plus qu'un faible penchant à tenir compte du Livre sacré et de ses cinq mille trois cent vingt-quatre versets. Et c'est alors qu'on lui ouvre la porte toute grande et qu'on le lâche en pleine société.

Aux pauvres filles qu'ils ont jadis séduites et qui, de chute en chute, sont tombées bas, les jeunes fêtards d'autrefois, devenus magistrats, sont implacables. Mais aux belles dames du monde qui ont le revolver trop prompt ou l'arsenic trop facile, ils sont tout sucre et tout miel.

La boutique des jugeurs d'hommes est très achalandée : tous les âges, toutes les conditions s'y coudoient. Tous ceux qui ont entre eux des sujets de rivalité, de contestation, de querelle, s'y donnent rendez-vous ou s'y traînent les uns les autres ; et, dans une société qui est précisément basée sur la rivalité, sur la guerre d'homme à homme, on peut penser s'ils doivent être nombreux ! Devant le comptoir, c'est un défilé continuel. Créanciers impayés, industriels menacés par la contrefaçon, hommes politiques diffamés, maris trompés, voleurs volés, rouleurs roulés, floueurs floués, tout ce monde s'en vient crier vengeance aux pieds des arbitres. Parmi toutes ces jérémiades, embrouillées comme à plaisir par les roueries et les mensonges de chaque partie, de leurs défenseurs ou de leurs témoins, comment les arbitres pourraient-ils jamais se reconnaître, à supposer qu'ils en eussent l'envie ? Aussi s'en remettent-ils sagement au dieu hasard ou au dieu profit, donnant raison tantôt à X, tantôt à Z, au gré de leurs intérêts ou de leur humeur présente, les yeux fermés, la main ouverte ; et ils ont la satisfaction de penser qu'ils doivent quelquefois tomber juste. Rabelais nous conte l'histoire d'un juge qui jouait les sentences au sort des dés ; assurément, c'est là le procédé le plus commode, le plus expéditif et le plus impartial. Puisque les intéressés eux-mêmes n'arrivent pas à s'entendre sur des choses qu'ils connaissent mieux que personne au monde, on ne peut pourtant pas vouloir que des étrangers aient le pouvoir de faire la lumière sur une affaire qui ne les regarde pas ? Pile ou face est donc tout indiqué.

Il faut d'ailleurs rendre cette justice aux arbitres qu'ils font tout ce qu'ils peuvent pour dégoûter le public d'avoir recours à eux. D'abord ils vendent leur marchandise à des prix fous : pour vous régler une petite contestation de dix francs, ils vous présentent une note de trois ou quatre cents francs, dans lesquels ne sont même pas compris leurs appointements, puisque c'est le peuple tout entier qui les paie. Puis ils mettent, à s'occuper de votre affaire, toute la mauvaise volonté possible. Leur lenteur est proverbiale : des différends qui, entre gens raisonnables, se fussent réglés en dix minutes, ils les règlent en dix ans, et encore sans contenter personne. On a vu des procès survivre à leurs auteurs, se transmettre d'hériters en héritiers, passer de générations en générations, pour la plus grande gloire et le plus grand profit des marchands de justice. Mais rien ne lasse la patience de la gent plaideuse.

Les justiciards ont autour d'eux une armée d'individus baroques aux occupations bizarres, avoués, huissiers, greffiers, avocats, syndics, notaires, etc., qui se renvoient de l'un à l'autre le douloureux plaideur, comme une chiffe. A chacun, bon gré, mal gré, il faut abandonner un lambeau de sa chair. Vampires voraces, ils se cramponnent après vous de tous leurs ongles, et ne vous lâchent qu'une fois vidé ; et, pour humer le sang de vos veines, ils ont ce suçoir terrible : le papier timbré.

Ces individus parlent un jargon extraordinaire, un stupéfiant galimatias que je les défie bien de comprendre eux-mêmes. Le latin de cuisine des prêtres n'est qu'un jeu à côté. C'est dans ce langage inouï, fait de mots qui ne figurent à aucun dictionnaire et d'une syntaxe qui n'est exposée dans nulle grammaire, que sont rédigées — par quel tour de force ? — les terribles feuilles de papier timbré. Dans l'impossibilité de rien comprendre, l'acheteur de justice jette sur ces grimoires cabalistiques des regards navrés ; pourtant, tout au bout de la liasse, il saisit une petite phrase, qui est très claire : « Coût : 7 fr. 50 ».

Malgré tout, le magasin des vendeurs de droit (pas magasin de nouveautés, hélas ! mais de bien vieilles vieilleries) ne désemplit pas. Qu'importent au bon contribuable toutes les rebuffades, toutes les avanies qui l'y attendent ? Un bon contribuable ne se rebute de rien.

Pour décider du sort des mauvais hommes, les jugeurs ont deux méthodes. S'agit-il de causes petites, de banales histoires de vol ou d'escroquerie, maigres larcins, menues filouteries, ils mettent, à dépêcher leurs affaires, une hâte fébrile. Les accusés défilent devant eux au galop, ayant à peine le temps de s'arrêter et d'entendre les questions qu'on leur pose au passage : « Vous avez commis tel méfait ? — Mais non... — Ça ne fait rien. Huit jours de prison. Au suivant ! » Et, tandis que le défilé continue, les pauvres jugeurs jettent, de temps à autre, des regards anxieux sur l'horloge : « Je n'aurai jamais fini à 5 heures... Et la petite Irma qui m'attend au café du coin ! » Sur ce, ils distribuent de la justice à toute vapeur. C'est entre eux une émulation à qui prononcera le plus de sentences dans sa journée, — quelque chose comme le record de l'heure ; et le public est presque aussi nombreux qu'au vélodrome. A la fin de l'année on décore le gagnant.

Mais lorsqu'il s'agit de causes sortant de l'ordinaire, — beaux assassinats bien horribles, affaires de mœurs bien grasses, — alors les jugeurs prennent leur temps et leurs aises. Ils s'établissent dans une salle bien plus grande et bien plus belle, comme s'ils voulaient faire honneur au satyre ou à l'assassin. Ils distribuent des tickets d'entrée, ils font mettre derrière eux, en bonne place, un fauteuil pour la petite Irma, venue dans sa plus belle toilette. Tout le beau monde des champs de courses et des bazars de charité est là, au grand complet ; la salle est pleine de parfums et de petits rires ; on dirait un mardi à la Comédie-Française.

Quand le mauvais homme paraît, toutes les lorgnettes se braquent vers lui ; des dessinateurs crayonnent, des objectifs déclanchent. Alors commence la représentation.

Les jugeurs, pour la circonstance, se sont adjoint des aides ; ils ont racolé quelque part une douzaine de gros hommes, propriétaires, rentiers, commerçants, choisis parmi les castes hostiles à celle de l'accusé ; et ces douze ventres vont décider du sort de cet homme.

Contrairement aux jugeurs professionnels, les juges amateurs acquittent quelquefois ; la raison, c'est que, n'ayant pas l'habitude, manquant d'entraînement, ils se croient parfois tenus — quelle aberration ! — d'écouter leur conscience.

Un grand diable vêtu de rouge se lève : « Messieurs, l'homme que vous avez devant vous est le dernier des scélérats. Tous les crimes imaginables, il les a commis. Donc, il faut séparer sa tête de son corps. Messieurs les jurés, donnez-moi sa tête. » Un autre individu, habillé de noir, se lève à son tour : « Messieurs, celui qui est devant vous est le plus parfait honnête homme que je connaisse. Il n'a rien fait qui ne soit à son éloge. Donc il ne faut pas séparer sa tête de son corps. Messieurs les jurés, laissez-lui sa tête. » Et, suivant que l'un ou l'autre parle, intarissablement, durant des heures, l'homme apparaît tour à tour au public stupéfait comme une grande canaille ou comme un petit saint. Il faut que l'un des deux bavards soit un fieffé menteur.

Celui qui donne de telles entorses à la vérité, est-ce que les gardiens de la justice ne vont pas le faire empoigner sur-le-champ ? Ils dorment. Quant aux douze amateurs, ils sont en train de « se faire une opinion ». D'ailleurs, il paraît que ceci est conforme au rite. Les deux orateurs n'ont que faire de la vérité : ils sont payés, l'un pour plaider blanc toute sa vie, l'autre pour toute sa vie plaider noir.

Ici, ce n'est plus le sort des dés qui décide, c'est le jeu du volant. A coups de raquettes, le parleur noir et le parleur rouge se renvoient, à travers la salle, la tête de l'homme. Les douze ventres diront quel est le vainqueur.

La joute finie, faute de salive, le chef jugeur réveille, à coups de coude, ses acolytes affalés sur le comptoir. Ils se retirent dans l'arrière-boutique, ainsi que les autres acteurs du drame, et, contrairement aux bonnes traditions du théâtre classique, la scène reste vide. Pourquoi ne baisse-t-on pas le rideau ?

Mais on frappe trois coups : tous rentrent en scène ; c'est l'épilogue. La main sur son cœur, comme s'il allait chanter, le président des douze ventres déclare que le parleur rouge est le gagnant. En conséquence, on lui accorde la tête de l'homme, qu'il fera couper par son domestique.

Dans son cadre, sur le mur, le supplicié blond a frissonné et ses cinq plaies se sont rouvertes ; mais, dans la bousculade de la sortie, personne ne l'a vu.

... Il y a des hommes qui font métier de juger les hommes...

IMPRIMERIE
" LA PRODUCTRICE "
(Association ouvrière)
51, rue Saint-Sauveur
PARIS
Téléphone 121-78

COLLECTION DE LITHOGRAPHIES

Capitalisme, par Commin'Ache. — **Education chrétienne,** par Roubille. — **La Débâcle,** dessin de Vallotton, gravé par Berger. — **Le dernier gîte du trimardeur,** par Daumont. — **L'Assassiné,** par C. L. — **Souteneurs sociaux,** par Delanoy. — **Les Défricheurs,** par Agard. — **Les Bienheureux,** par Heibdrinck. — **La Jeune Proie,** par Lochard. — **Le Missionnaire,** par Willaume. — **Frontispice,** par Roubille. — **L'Homme mourant,** par L. Pissaro. — **Sa Majesté la Famine,** par Luce. — **La Vérité au Conseil de Guerre,** par Luce. — **Provocation,** par Lebasque. — **Ceux qui mangent le pain noir,** par Lebasque. — L'édition ordinaire, **2 francs.**

Il ne reste plus qu'en nombre restreint : **L'Incendiaire,** par Luce — **Porteuses de bois,** par C. Pissaro. — **L'Errant,** par X. — **Le Démolisseur,** par Signac. — **L'Aurore,** par Willaume. — **Les Sans-Gîte,** par C. Pissaro. — **On ne marche pas sur l'herbe,** par Hermann-Paul. — **Mineurs belges,** par Constantin Meunier. — **Ah! les sales Corbeaux,** par J. Hénault. — **La Guerre,** par Maurin. — **Epouvantails,** par Chevalier. — **La Libératrice,** par Steinlein. — L'édition ordinaire, **3 francs.** Pour les éditions d'amateurs, s'informer au préalable, quelques-unes sont épuisées.

Aux petits oiseaux, par Willette, **10 francs.**

Reproduction des **Errants,** de Rysselberghe, édition ordinaire, **1 fr. 25**; sur japon, **3 fr. 50.**

Contre Biribi, album de 9 dessins de : Delannoy, Grandjouan, Luce, Maurin, Raïter, Rodo, Signac et Steinlen.

Une Rue de Paris en Mai 71, par Luce, tirée en souscription à 75 exemplaires, dont 15 sur Japon ; 7 francs ordinaire ; 10 francs sur japon.

Miséreux, par Naudin, même tirage, même prix.

Il ne reste plus qu'un nombre très limité de collections complètes. Elles sont vendues **75** francs l'édition ordinaire, **150** francs celle d'amateur.

LITHOGRAPHIES EN COULEURS

Les **Temps Nouveaux,** Willaume, épuisé, une dizaine d'exemplaires à **5** francs ; **La Charrue,** Pissaro, édition ordinaire, **2** francs ; d'amateur, **3 fr. 50**; **Drapeau rouge,** Luce, édition ordinaire, **2** francs ; d'amateur, **3** fr. **50** ; **La Mère,** Lebasque, édition ordinaire, **2** francs ; d'amateur, **3** fr. **50** ; **La Confession,** Hermann Paul, édition ordinaire, 2 francs ; d'amateur, **3** fr. **50.** — Ces lithos ont été tirées pour servir de frontispice aux volumes de notre supplément, mais peuvent s'encadrer, 37-28.

Repaire de Malfaiteurs, par Willaume, tirage ordinaire, **2** francs ; tirage d'amateur, 5 francs. Il en reste très peu des deux.

Album, contenant les 52 dessins parus dans la 11e année des *Temps Nouveaux,* dus au crayon de Agard, Bradberry, Couturier, W. Crane, Delannoy, Delaw, Gelner, Grandjouan, Hénault, Hermann-Paul, P. Iribe, Jossot, Kupka, Lebasque, Luce, B. Naudin, Robin, Roubille, Rysselberhe, Steinlein, Van Dongen et Willaume.

Prix : 5 francs; Franco : 6 francs.

LES "TEMPS NOUVEAUX" Paraissant tous les 8 jours avec un Supplément littéra[ire]
10 *cent. le numéro. — Administration :* **4, rue Broca**
Abonnement : France, un an, **6** fr.; Extérieur, **8** fr.

EN VENTE AUX "TEMPS NOUVEAUX"

Aux Jeunes Gens, par Kropotkine, couverture de Roubille.......... »
L'Education libertaire, par D. Nieuwenhuis, couverture de Hermann-Paul »
Le Machinisme, par J. Grave, couverture de Luce.......... »
Pages d'histoire socialiste, par W. Tcherkesoff.......... »
La Panacée-Révolution, par J. Grave, couverture de Mabel (*épuisé*)..... »
A mon Frère le Paysan, par E. Reclus, couverture de Raieter.......... »
La Morale anarchiste, par Kropotkine, couverture de Rysselberghe..... »
Déclarations d'Etiévant, couverture de Jehannet.......... »
La Colonisation, par J. Grave, couverture de Couturier.......... »
Entre Paysans, par E Malatesta, couverture de Willaume.......... »
Patrie, Guerre et Caserne, par Ch. Albert, couverture d'Agard.......... »
L'Organisation de la Vindicte appelée Justice, par Kropotkine, couverture de J. Hénault.......... »
L'Anarchie et l'Eglise, par E. Reclus et Guyou, couverture de Daumont.... »
La Grève des Electeurs, par Mirbeau, couverture de Roubille.......... »
Organisation, Initiative, Cohésion, par J. Grave, couverture de Signac... »
Le Tréteau électoral, piécette en vers, par Léonard, couv. de Heidbrinck. »
L'Election du Maire, piécette en vers, par Léonard, couverture de Valloton. »
La Mano-Negra, couverture de Luce.......... »
La Responsabilité et la Solidarité dans la Lutte ouvrière, par Nettlau, couverture de Delannoy.......... »
Anarchie-Communisme, par Kropotkine, couverture de Lochard.......... »
Si j'avais à parler aux Electeurs, par J. Grave, couvert. de Hermann-Paul »
La Mano-Negra et l'Opinion française, couverture de Hénault.......... »
La Mano-Negra, dessins de Hermann-Paul.......... »
Entretien d'un Philosophe avec la Maréchale, par Diderot, couverture de Grandjouan.......... »
L'Etat, son rôle historique, par Kropotkine, couverture de Steinlen...... »
La Femme esclave, par Chaughi, couverture de Hermann-Paul.......... »
Vers la Russie libre, par Bullard, couverture de Grandjouan.......... »
Le Syndicalisme dans l'Evolution sociale, par J. Grave, couv. de Naudin. »
Les Habitations qui tuent, par Michel Petit, couverture de Frédéric Jacque. »
Le Salariat, par P. Kropotkine, couverture de Kupka.......... »
Evolution-Révolution, par E. Reclus, couverture de Steinlen.......... »
Les Incendiaires, par Vermesch, couverture de Hermann-Paul.......... »
La Vérité sur l'Affaire Ferrer, par Auguste Bertrand, couverture de Luce. »
Terre Libre, par J. Grave.......... 3
Patriotisme, Colonisation, illustré.......... 6
Les Prisons, par Kropotkine, couverture de Daumont.......... »
L'Esprit de Révolte, couverture de Delannoy.......... »
L'Enfer militaire, par A. Girard, couverture de Luce.......... »
Sur l'Individualisme, par Pierrot, couverture de Maurin.......... »
L'Entente pour l'Action, par J. Grave, couverture de Raieter.......... »
Quelques Vérités économiques, par Louis Blanc, couverture de Dissy... »
Une des Formes nouvelles de l'esprit politicien, par Jean Grave, couverture de Luce.......... »
Travail et Surmenage, par M. Pierrot.......... »
Contre la Guerre, couverture de C. Lefèvre.......... »
La Conquête des Pouvoirs Publics, par J. Grave, couverture de Luce. »
Le Parlementarisme contre l'action ouvrière, par Pierrot et Girard, couverture de Rodo Pissaro.......... »
La Royauté du Peuple souverain, par Proudhon, couverture de Raieter.... »
Les Conditions du Travail dans la Société actuelle, par Simplice...... »
L'Evangile de l'Heure, par Berthelot, couverture de Jehannet.......... »
Du Fond de l'Abîme (Lettres de Rousset), dessin de B. K.......... »
Travail de l'Enfance dans les Verreries, par Delzant, dessin Grandjouan. »
Les Trois Complices (prêtre, juge, soldat), par R. Chaughi, dessin Raieter. »

www.ingramcontent.com/pod-product-compliance
Ingram Content Group UK Ltd.
Pitfield, Milton Keynes, MK11 3LW, UK
UKHW020536230726
13925UKWH00005B/2324